# MARA
## UN NUEVO COMIENZO

Yolanda Saura Moya

Aliarediciones

Corrección: Eladia Guerrero
Diseño de cubierta: Jaime Galisteo
Maquetación: Aliar Ediciones

Depósito Legal: GR 89-2024
ISBN: 978-84-10155-33-6

Impreso en España

Edita
ALIAR Ediciones
**www.aliarediciones.es**
*info@aliarediciones.es*

# MARA
## UN NUEVO COMIENZO

Yolanda Saura Moya

## NUNCA FUE UN HOGAR

Mara era la mayor de una familia formada por seis miembros: su madre, su padre, sus dos hermanas y su hermano.

Mara era una mujer con muchos temores. Desde niña la perseguía el miedo al mar. Sin embargo, sus primeros recuerdos casi siempre estaban asociados a esa playa donde dio sus primeros chapoteos y donde las ahogadillas de su tío Román hicieron que aprendiera a nadar desde muy temprana edad. Si buceaba en el cajón de su memoria, hasta tenía el vago recuerdo de pasear con su bisabuelo paterno por esa playa, ahora convertida en puerto deportivo.

Ahora no recordaba en qué momento y cómo se truncó aquella necesidad de zambullirse en la playa. Sin embargo, el miedo al mar la perseguiría el resto de su vida.

Era muy desmemoriada; como se suele decir, tenía memoria de pez. De hecho, su memoria le jugaba muy malas pasadas, pero había aprendido a convivir con ello. A veces pensaba que su vida la conformaban un montón de recuerdos inconexos, sin un hilo conductor. Sin embargo, su maquinaria, perfecta como un reloj, de cuando en cuando hacía borrón y cuenta nueva, lo que le permitía seguir funcionando a pleno rendimiento. De esta manera, seguía guardando y atesorando cada vez más y más recuerdos y vivencias.

De niña siempre fue la patosa, la tímida, incluso la rara. Si hacía una travesura, más bien motivada por otros niños más espabilados que ella, la culpa se la terminaba llevando ella.

Sentía que no había nacido con la mayor de las suertes, sino que su estrella pasaba por el trabajo duro, por el esfuerzo. Desde muy pequeña había sentido el peso de la responsabilidad como una mochila que llevaba a sus espaldas.

Durante su adolescencia había aprendido a no salir a la calle sin atiborrarse de pinturas, a modo de distintas capas, como si esperara que ellas la protegieran de sus múltiples temores. Como si cada capa de pintura que ponía en su cuerpo supusiera una lección de vida.

Durante la pubertad y adolescencia vivió su época más rebelde. Pronto tuvo novio, pero, de alguna manera, lo hizo para agradar a su madre y por gozar de más libertad. Aunque pudiera resultar paradójico, Mara sabía que su madre se sentiría más tranquila si tenía una relación estable que si iba picando de flor en flor. Al mismo tiempo, con esto su madre conseguiría su objetivo, que era controlar la situación.

Había pasado el tiempo. En su cara y en su cuerpo se sentía ese paso de niña a mujer, sin embargo, seguía sintiendo que su vida se componía más de sueños que de realidades. Y no era una cuestión de madurez. Mara siempre se había sentido muy madura emocionalmente hablando, pero había otros aspectos en los que no terminaba de evolucionar. Se sentía estancada. A menudo sobrevolaba en ella la idea de libertad, de materializar esos sueños, pero de nuevo aparecían los fantasmas, echaba mano de sus capas y salía otra vez a la calle con sus pinturas de guerra.

Siempre tenía a su lado a alguien que le prestaba sus alas, y que, a modo de salvavidas, le echaba un cable. Unas veces esta función la cumplió su hermana Laura. Según fue pasando el tiempo otras personas que circunstancialmente estaban a su lado iban cumpliendo con este papel. En definitiva, se acostumbró a ese apoyo continuo, era como si siempre tuviera una colchoneta en la que caer cuando la vida le ponía nuevos retos.

El caso es que siempre había alguien que la salvaba de enfrentarse a sus fantasmas e inseguridades. Sin embargo, esto, en el fondo, no era bueno para ella. Un monstruo estaba creciendo en su interior. De alguna forma, estas personas estaban dando de comer a ese monstruo, de modo que se estaba haciendo enormemente poderoso. Era la enfermedad, la caída.

Conforme iba cumpliendo años le iban quedando cada vez menos personas a las que agarrarse, y Mara sentía que la pared que tenía que escalar hacia su libertad era cada vez más alta, más difícil.

Mara no se encontraba bien, no quería vivir. No encontraba su lugar ni la motivación suficiente para seguir adelante. Una vez tras otra trató de quitarse de en medio. Cuando tenía veinticinco años le pusieron nombre a lo que le estaba pasando, pues le diagnosticaron una enfermedad mental. Tenía un trastorno bipolar. Seguramente era algo que ya estaba ahí desde antes, pero este fue el principio de un duro camino hacia su estabilidad, su felicidad y su bienestar.

Primero, tuvo que lidiar con el tratamiento y, también, con la terapia, abordando la enfermedad de un modo sistémico. El abordaje de cómo se llevaba a cabo la dinámica familiar, de cómo se producían las relaciones entre sus miembros, sería fundamental para afrontar la enfermedad.

La relación de Mara con su madre, Lola, había pasado por diferentes etapas, aunque desde la pubertad nunca había sido buena y había sufrido muchos altibajos;

podemos decir que Mara durante sus primeros años de vida fue una niña educada, responsable y, esencialmente, buena. Destacó, sobre todo, en sus estudios siendo una alumna brillante, y fue en este ámbito donde esta se sintió realmente comprendida y valorada. Mara no recordaba haber tenido una adolescencia feliz, principalmente había sentido que su madre y ella no hablaban el mismo lenguaje, se sentía incomprendida y, muchas veces, sentía que era torpe porque esta no la entendía. Pero el hecho de refugiarse en sus estudios realmente la salvó o, al menos, eso era lo que ella creía.

Mara solía decir que su familia era un matriarcado, siendo su padre, Fermín, una figura totalmente ausente. Sin embargo, a lo largo de los años esto no había sido siempre así.

Mara recordaba que durante su infancia su padre era el encargado de llevar el dinero a casa. También solía ser el que sacaba a sus hijas a la calle, el que le transmitía sus inquietudes, su amor por la música, por lo taurino, por el cine, etc. En definitiva, Fermín era un padre normal, con sus virtudes y sus defectos, pero que, por encima de todo, estaba ahí, presente. Realmente disfrutaba con sus hijas.

En aquella época, para lo bueno y para lo malo, su padre estaba, y con sus acciones y dejaciones transmitía sus valores y principios a sus hijas como lo haría cualquier otro padre. Pero, en aquel momento, su padre todavía era joven, y era capaz de enfrentarse a la vida con valentía y entusiasmo. Además, Fermín creía que convivir con esa mujer a la que amaba tanto le terminaría dando más satisfacciones que decepciones. Pensaba que llegaría ese día en el que le habría compensado haber apostado por esa relación.

Sin embargo, a Fermín no le quedó otra opción que plegarse a los deseos de su mujer, pues sabía que nunca se separaría de ella. No era feliz, vivía resignado. Sabía que jamás conseguiría que su mujer cediera un ápice, en aras de poder llevar una vida en común y ser felices.

Con el tiempo su padre se había convertido en un ser al que Mara y sus hermanos ya no reconocían; huraño, triste, que solía ahogar sus penas en alcohol y que había llegado a un punto tal en que rara vez estaba sobrio. A veces se comportaba como un niño y solo se enfrentaba a su mujer en pequeñas cosas sin importancia, tonterías del día a día, pero no en las cosas verdaderamente importantes. Únicamente Mara era capaz de ver lo que se escondía detrás de esos pequeños actos de rebeldía de su padre.

Fermín no tenía el carácter de su madre, era más conformista, por decirlo de algún modo. Había trabajado y luchado toda su vida, y ahora que había llegado a una edad en la que poder disfrutar del fruto de su esfuerzo, de su trabajo, veía que todo seguía igual, o peor. Para su mujer nunca era suficiente, y sus hijos solo sabían ver a un hombre derrotado y alcoholizado.

Su hermana Laura se llevaba un año y medio con Mara, por lo que desde muy pequeñas se habían peleado mucho, pero habían estado condenadas a entenderse. Laura siempre fue una niña muy inquieta, nerviosa y rebelde, al contrario que Mara, mucho más dócil. A menudo, Laura solía interceder con otros niños para defender a su hermana mayor.

Su madre, Lola, era una mujer muy sobreprotectora, que no dejaba que Mara y Laura jugaran con otros niños si no era bajo el control de su padre. Mara creció sin apenas jugar, sin embargo, Laura se rebelaba, destrozaba las muñecas y acababa sacando su carácter si algún día excepcionalmente se la llevaban a jugar con otros niños, pues no estaba acostumbrada a relacionarse ni a compartir.

Mientras convivían en aquel pisito de la calle donde se ubicaba el mercadillo semanal, y todavía no tenían el negocio, todo encajaba dentro de los parámetros de una familia más o menos normal para la época. Se reunían para comer, para cenar, las niñas solían hacer los deberes juntas, celebraban los cumpleaños en familia... Formaban lo que se conoce como un hogar, con sus peculiaridades, pero un hogar.

Sin embargo, el inicio del declive familiar Mara lo situaba en la puesta en marcha del negocio. A partir de aquí empezó a desmoronarse todo y llegó un punto en el que solo importaba el negocio, el dinero y el poder, en manos, principalmente, de Lola.

Su hermana Laura había crecido con muchos complejos e inseguridades, que se habían ido afianzando con el paso de los años. Poco a poco todos estos miedos la habían llevado a desarrollar una enfermedad relacionada con el culto al cuerpo, que casi se había convertido en su única filosofía de vida, en su obsesión. Todo para ella estaba supeditado al deporte de alto nivel, incluso solía competir en campeonatos de culturismo. Pero no le importaba poner en riesgo su salud. Era contradictorio, pues continuamente estaba sometiéndose a controles médicos, ya que tenía múltiples dolencias, pero Mara creía que iba al médico a que le dijera lo que quería oír. Su hermana estaba enferma y no era capaz de verlo, no era consciente y no se conformaba nunca con la imagen que le devolvía el espejo.

Mara ya no recordaba la época en que su hermana estaba bien. Su carácter había cambiado tanto que a veces le parecía que era un simple espejismo, que tal vez lo había soñado y nunca fue verdad. Pero Mara se había criado con ella y sabía cómo era Laura. No era esa Laura que se escondía bajo esa máscara de frialdad, detrás de todo eso había una mujer que estaba sufriendo y que estaba matándose poco a poco.

Mara muchas veces tenía la sensación de que no estaban haciendo lo suficiente por ella, pero se negaba a oír nada, y era mayor y libre para hacer lo que quisiera.

Era como si Laura, en el fondo, estuviera pidiendo a gritos ayuda, pero, al mismo tiempo, se negaba a recibirla.

Cuando nació su hermana Carmen, la menor de sus hermanas, hacía tres años que habían abierto el negocio. Mara tenía diez años y Laura ocho.

Fue un bebé buscado. Desde el principio se convirtió en el juguete de sus dos hermanas mayores. Mara recordaba que fue una niña, ante todo, simpática, siempre estaba sonriendo y hacía las delicias de todos en la casa.

Al contrario que Mara, Carmen nunca destacó en sus estudios, y pronto tuvo claro que no quería seguir estudiando. No llegó a terminar sus estudios secundarios, y enseguida se puso a trabajar en el negocio de sus padres.

Pero Carmen, en aquella época, tenía su cabeza más en conocer chicos y salir que en el trabajo, donde se sentía cómoda y resguardada.

Mara sentía que, en cierto modo, había allanado el camino a sus hermanas, que no tuvieron que romper tantas barreras como ella. Lola no ejercía tanto control sobre su hija pequeña. Además, su atención se centraba en el negocio.

Quizá esto motivó que su hermana Carmen se quedara embarazada con tan solo diecisiete años y diera a luz a su única sobrina, Rebeca, que actualmente acababa de cumplir dieciséis años.

Carmen era una mujer pragmática, superficial, materialista y cuya mentalidad, muy cerrada, estaba ligada al pueblo y sus costumbres. Por otra parte, era una mujer que estaba muy cómoda en su papel de hermana e hija protegida.

Según iba cumpliendo más años, Carmen se iba pareciendo cada vez más en el carácter a su madre. Era como si Lola viera en ella su reflejo, y la protegía y consentía hasta límites insospechados.

Su idea de felicidad parecía que no iba más allá de estar mona, de recibir halagos fundamentalmente hacia su físico y de acumular cosas materiales.

Su hermana Carmen vivía obsesionada con el culto al cuerpo desde que se levantaba por la mañana hasta que se iba a la cama. Se había acostumbrado a vivir al cobijo de sus padres y sus hermanas, y estaba muy cómoda así.

Para Mara, su hermana pequeña era una víctima más, que transmitía su amargura e infelicidad a los demás.

Carmen tenía unos valores que lejos estaban de convertirla en la mujer poderosa que ella creía ser. Más bien fue convirtiéndose en una persona altanera, prepotente, que parecía estar por encima del bien y del mal y que trataba a los demás con superioridad y arrogancia. Seguía, por tanto, la estela de su madre. En ella, Lola veía su creación, su perfecta sucesora. Y para Carmen su madre era su ejemplo a seguir.

En definitiva, su narcisismo era la culminación del narcisismo exacerbado de su madre.

A los tres años de nacer su hermana Carmen, vino al mundo Samuel, el más pequeño y el único varón del matrimonio formado por Lola y Fermín. No fue un niño buscado, pero la alegría de que fuera el único niño fue inmensa para toda la familia. Sin embargo, Samuel no vino a nacer en el mejor momento, pues había trascurrido solo un año y medio desde que abrieran el negocio. Hasta ese momento, Fermín trabajaba en la carnicería de sus padres, y con esta decisión se había desvinculado de su familia para siempre. Samuel llegó en plena guerra con la familia de su padre, que no se tomó nada bien esta decisión de abrir un negocio del mismo gremio, y en el mismo pueblo. Pero no solo eso, sino que Samuel llegó a esta familia cuando había que levantar el negocio y todo el trabajo estaba por hacer.

Samuel se crio de la manera más salvaje. Desde pequeño fue un niño con retraso en el desarrollo, y tampoco recibió demasiada atención. Creció en la más absoluta oscuridad, en el más absoluto silencio, sin recibir apenas estímulos. Mara recordaba que, de bebé, Samuel pasó horas y horas metido en un parque en una habitación cerrada y oscura... Todas las atenciones estaban puestas entonces en el negocio, en sacarlo adelante, en acumular dinero, lo que derivó en que Samuel creciera con una idea de sí mismo y del mundo equivocada. Él siempre se comparaba con sus hermanas, se sentía inferior y diferente al resto de los niños. No sabía qué quería, a dónde dirigirse en la vida, a qué agarrarse, era como un niño sin brújula... Lola, lejos de potenciar en él la idea de autosuficiencia y autonomía que Samuel necesitaba, siempre lo protegió y, de alguna manera, también lo anuló. Samuel creció, pero seguía siendo un niño inseguro, frágil, acostumbrado a que le dieran y le hicieran todo. Conforme iba cumpliendo años, se acostumbró a estar cómodo en su papel de niño protegido, y en él fue creciendo también un monstruo, el del egoísmo. Samuel creía ser el centro de todo y trataba a sus padres como si fueran sus siervos.

A Mara le costó mucho asimilar que la raíz de su enfermedad estaba en cómo se habían ido construyendo sus relaciones familiares, en la dinámica familiar; el trabajo terapéutico se centró mucho en esto. Comenzó a asistir a sesiones de terapia familiar con otras familias, donde analizaron aspectos de la enfermedad y de las relaciones. Esto la ayudó mucho y, a la vez, fue poniendo las bases de lo que más adelante sería su estabilidad emocional.

Analizando su estructura familiar, se dio cuenta de que con la puesta en funcionamiento del negocio todo sufrió una vuelta de tuerca, de manera que la dinámica familiar pasó a girar en torno a este, y llegó un momento en el que las relaciones entre los miembros de su familia dejaron de existir. Todo ocurrió progresivamente, pero, cuando se quisieron dar cuenta, ya no había espacios para la reunión y el encuentro, ya estaban completamente separados y sumidos en sus respectivas vidas.

Eran como pequeños núcleos familiares unidos en una misma casa, pero no formaban un hogar, pues cada uno hacía vida por separado.

Pero pasaron muchas cosas hasta que Mara quiso darse cuenta de que su vida familiar se reducía al negocio de sus padres.

Lola y Fermín encontraron muchas dificultades por el camino y, además, estaban los impedimentos o trabas que la propia familia de Fermín ponía. Pero, a pesar de todo, supieron afrontar los problemas y salir adelante.

Lola solía enorgullecerse de que nunca habían tenido que pedir ayuda, y también se arrepentía de no haber puesto su negocio antes.

Pero los hijos crecieron viendo el dolor de su padre y, sobre todo, su sufrimiento interno, pues era un hombre muy reservado, sensible y de carácter más débil que el de su mujer.

Ese dolor con el que su padre convivía diariamente como buenamente podía, junto al carácter fuerte, narcisista y ambicioso de su madre, harían de Fermín un hombre completamente minado y plegado a los deseos de su mujer y sus hijos. Fermín terminó por convertirse en un hombre que sufría fuertes depresiones, y que se fue acostumbrando a llenar su vacío y su soledad por medio del alcohol. También era un hombre que realizaba constantes llamadas de atención, pero parecía que nadie las veía, hasta que se convirtió en un ser invisible por completo.

De esta forma, se había ido tejiendo, generación tras generación, la que en la actualidad era una familia totalmente desestructurada, con una total desafección y desapego entre sus miembros.

En cierta manera, todos estaban enfermos, y todos eran víctimas del carácter narcisista de Lola.

Era curioso cómo su madre se empeñaba en encerrarse en su castillo de cristal, donde ella era dueña y señora. También lo era el hecho de mantener siempre todas las ventanas cerradas a cal y canto, como si el aire fresco del exterior no fuera bien recibido en esa casa. Su madre tampoco había tenido amigas nunca, y no fomentaba para nada las relaciones con el exterior. Se trataba de una familia muy endogámica y plegada sobre sí misma, lo que, en cierta manera, era una de las claves de por qué mantenían esa relación tan poco sana entre sus miembros.

Era significativo cómo su familia acumulaba cosas materiales, pero luego no disponía de una sencilla vajilla para cuando venían visitas o de las cosas más necesarias en el día a día. Era una cosa curiosa, pero con tanto acumular perdían un poco la noción de lo que era necesario y lo que no, y dispersos como andaban no eran capaces de valorar lo que tenían. Su familia era una especie de maraña que había que desentrañar. Sería ahondando y analizando en cómo se había ido tejiendo su historia a lo largo de los años como Mara llegaría a la raíz de sus problemas.

Mara había pasado muchos años de su vida perdida, intentando ayudar a su familia. Pero llegó un punto en el que se dio cuenta de que ella no podía con todo, de que cada uno tenía que salir por sí mismo y de que había llegado el momento, por una vez en su vida, de pensar en ella e intentar salvarse. Mara lo había intentado todo, incluso se había apuntado a cursos de terapia familiar, hasta que fue consciente de que mientras se empeñaba en rescatar a su familia la vida se le estaba escapando entre las manos.

Dentro de esa búsqueda de sí misma y de su felicidad, Mara se encontró con muchas personas que, de una u otra forma, la marcaron e influyeron enormemente. Esto, lejos de alejarla de su objetivo, fue un nuevo impulso para ella, que siempre sabía ver el lado positivo de sus vivencias y, sobre todo, hizo que, poco a poco, emprendiera un nuevo comienzo en su vida.

# INOCENCIA INTERRUMPIDA

Mara partió aquella noche para la que todavía era la casa de sus abuelos. Su madre le había dado la noticia por teléfono. Su querida abuela Cecilia había fallecido.

En el trayecto hacia el pueblo, Mara no paraba de llorar, las lágrimas le brotaban sin parar, se agolpaban unas tras otras en sus ojos verdes oscuros, y por más que intentaba tranquilizarse su cabeza no paraba de dar vueltas a infinidad de recuerdos, hecha como estaba un manojo de nervios.

No habría sido lo más indicado ponerse al volante en tales circunstancias. Pero Mara sentía que, a pesar de que ya se había despedido de su abuelita en su momento, no obstante, debía ir al encuentro de su familia y darle un último adiós.

Mara fue al tanatorio, al entierro, pero su mente estaba en otro sitio, tan solo su cuerpo cansado asistió y estuvo allí con su familia.

El tanatorio permaneció abierto hasta las doce, con lo que Mara decidió pasar la noche en la casa de sus abuelos, en la habitación donde había pasado prácticamente su niñez y su adolescencia.

Mara llegó a su cuarto y allí encontró, envueltos en polvo y suciedad, recuerdos de su infancia y de su pubertad. La habitación estaba tal cual la dejó años atrás. Las estanterías repletas de libros, las cartas intactas y revueltas con otros objetos que luchaban por hacerse hueco en los cajones.

Mara reconoció un cierto orden en aquella algarabía, en aquella pequeña jungla. Había sido su escondite, su refugio, el que años atrás la ponía a salvo de tantas batallas, de tanto dolor y de tanto sufrimiento.

Con la muerte de su abuela, Mara sintió que se iba una parte de ella misma que no volvería jamás. Su inocencia, su niña interior, antes protegida por su abuela, ahora quedaba al descubierto. Esa sensación de sentirse mutilada que tenía que ver con el amor, el cariño, la protección desinteresada que solo te puede proporcionar un ser querido. A pesar de todo, Mara, invadida por una profunda tristeza, presintió que a partir de ese momento empezaba un nuevo ciclo en su vida.

No dejaba de ser algo curioso, pero Mara sentía que conforme había ido creciendo y cumpliendo años se había ido desprendiendo y dejando atrás esa inocencia a la que en esos momentos hubiera querido volver.

Allí, entre esas cuatro paredes, se encontró Mara con un pasado que su familia había querido enterrar para siempre. Solo tuvo que entresacar unas cartas y quitarles un poco el polvo. Fue así como, bien entrada la madrugada, se puso a releer y recorrer esas palabras que tanto tiempo habían conformado un tema tabú en su familia, sobre todo en la relación con su madre.

Cogió una carta al azar, y esta decía así:

*Hola, Mariola:*

*Te escribo estas líneas porque pienso que soy más buena escribiendo que hablando y, a veces, me cuesta expresar mis sentimientos, pero lo intentaré.*

*Te conozco desde hace poco tiempo, pero quiero que sepas que me siento muy a gusto contigo. Es muy difícil sentir que sobran las palabras cuando miras a alguien, y eso es precisamente lo que me pasa contigo. Siento una complicidad increíble, es como si leyeras mi mente cuando me miras, y eso es muy importante para mí.*

*Me decías el otro día que te haría mucha ilusión que en un futuro cercano me fuera a vivir contigo, y juntas proyectáramos una vida. Quiero que sepas que lo haría hoy mismo. Siento que mi madre nunca me ha entendido ni quiere hacerlo y todo lo que hago o dejo de hacer le parece mal, ya no sé qué puedo hacer para contentarla. Daría lo que fuera por poder salir de esta situación que me ahoga, que me asfixia y, sobre todo, que me hace daño.*

*Tú no has hecho sino confirmarme lo que ya sabía de mi madre, que no sé si me quiere, o si solo se quiere a sí misma y al dinero. Desde luego, si me quiere, tiene una manera muy particular de querer y de entender el amor, y yo no la comparto.*

*Cuando llegaste a mi vida, yo estaba sobreviviendo, y ahora siento una ilusión y una fuerza dentro de mí que no puedo explicar con palabras.*

*Te necesito a mi lado, amiga mía. Has aparecido en mi vida como aire fresco, nuevo..., y me has hecho creer que se puede seguir soñando y amando la vida.*

*Te quiero.*

Todo esto le hizo recordar a Mara cómo había sobrevivido todos estos años sin querer hacer frente a ese dolor que le producía el pensar en su familia, y especialmente en su madre. Llegó un momento en su vida en que tuvo que hacer borrón y cuenta nueva porque, de no ser así, no hubiera podido seguir viviendo. Quiso quitarse de en medio tantas veces en el pasado que rendirse ya no era una opción, y solo le quedó empezar de cero o, al menos, intentarlo.

Ahora que su abuela se había marchado, estaba de nuevo frente a su pasado, en esas cuatro paredes que le permitieron, por una parte, salvarse, pero que, al mismo tiempo, la condenaron a la soledad más absoluta. Mara, con el tiempo, se dio cuenta de que todos estos años de aislamiento también habían contribuido a aislarla del mundo, de la gente y de sus formas de relacionarse, marcándola para siempre.

Pero, en realidad, no era la primera vez que Mara sentía que su frágil inocencia se veía interrumpida. Ya en plena pubertad, experimentó una sensación parecida. Fue la primera vez que sintió algo parecido al amor, cuando estaba en pleno descubrimiento, en plena experimentación, cuando las emociones estaban más a flor de piel, cuando conoció a Mariola.

Tan solo era una niña de doce años, pero la sensación fue también de dolor inmenso en el corazón, era como si le hubieran arrebatado de un plumazo y de manera tremendamente cruel aquello en lo que se había apoyado para seguir adelante en un mundo que no comprendía, y en el que tampoco se sentía comprendida. También Mara tuvo que enfrentarse a preguntas acerca de sí misma y de su sexualidad que ni siquiera estaban en su mente en aquel momento.

Todo ocurrió cuando sus padres contrataron para el negocio familiar a una chica, Mariola, que tenía cinco años más que ella. Mariola había perdido a su padre debido a una larga enfermedad que se lo llevó muy joven, y esta vivía con su madre, su tía y un hermano más pequeño.

Mara y Mariola no tardaron mucho en establecer una relación especial y de confianza entre ellas. Mara estaba entonces conociendo a los primeros chicos, descubriendo la sexualidad... Juntas compartían confidencias y secretos.

La relación entre Mara y su madre, Lola, nunca había sido demasiado buena, pero en aquel momento estaba especialmente tirante, ya que Mara sentía que ambas hablaban códigos diferentes y rara vez se entendían.

Pronto aparecieron los celos entre Mariola y Lola, las envidias. Mara se convertiría para ellas en una mera moneda de cambio y de control.

Mariola, por su parte, comenzó a hablar mal a Mara de su madre. Solía decirle que le tenía envidia, que incluso quería ser como ella. El culmen de la situación tuvo lugar cuando Mariola le llegó a plantear a Mara que abandonara a su familia y se fueran a vivir juntas en un futuro.

A Mara siempre le gustó escribir. Fue de este modo como empezó a escribirle cartas a Mariola. Después de todo, siempre había sentido que se expresaba mejor por escrito.

Pero Mara nunca imaginó lo que terminaría por ocurrir con esas cartas. En aquellos momentos, su inocencia permanecía aún intacta.

Una noche, su madre fue a su habitación y descubrió todas esas cartas. Lola comenzó a leer su contenido delante de Mara, y esta se quedó paralizada, sin poder hacer nada más que atender a la escena petrificada. Esa invasión de su intimidad le supuso un dolor tan grande que Mara no podía creer lo que estaba viendo. Pero esto no quedó aquí, su madre fue todavía más lejos.

Cuando Lola leyó lo que Mara decía sobre ella, interpretó que su hija no la quería y que la culpable era Mariola. Entonces decidió que debía hablar con ella para ponerla de patitas en la calle. Y esto precisamente fue lo que hizo. La pilló por banda en pleno centro del pueblo, y de la manera más bajuna la amenazó y le gritó que no se volviera a acercar a su hija nunca más.

Pero Lola jamás pensó en el dolor que estaba provocando a su hija, jamás le importó lo más mínimo, era más importante lo que pudiera pensar la gente, si su hija no la quería o si su hija se había enamorado de una mujer.

Tras todo esto, Mara tuvo que pasar un duelo, pues, de repente, sintió como si le hubieran arrancado de su corazón algo que ella amaba profundamente. Y después se produjo el más absoluto silencio, al ser un tema tabú del que no se pudo hablar en la familia durante mucho tiempo. Nadie se molestó en darle la más mínima explicación. Pero ese duelo que Mara tuvo que pasar en silencio y en soledad le provocó un sufrimiento aún mayor.

Sin embargo, no contenta con esto, Lola llevó a Mara a una psicóloga a la que primeramente le llevó todas las cartas que ella había escrito a Mariola. Lola sentía que su hija no la quería y Mara se sentía muy triste, sola y desamparada. Todas las semanas se hacían cincuenta kilómetros hasta la ciudad para ir a la psicóloga, y durante el camino no había comunicación alguna entre ellas, pues Mara estaba cerrada en banda. Tal era el dolor que sentía que este incluso llegaba a paralizarla. Mara recordaba que, en el colegio, durante los recreos, lloraba y lloraba, en soledad, en silencio. Nadie sabía de su sufrimiento.

En aquellos momentos, Mara se sentía humillada por su madre, que no solo no había respetado su espacio, su intimidad, sino que, en lugar de intentar hablar con ella antes directamente, había puesto sus cartas, sus intimidades, sus sentimientos al descubierto y en manos de una desconocida.

Ahora, con la distancia y transcurrido el tiempo, entendió también la utilización que Mariola hizo de ella.

Si algo aprendió Mara de todo esto, es que los sentimientos no se exigen ni se compran, deben aflorar libremente en el momento oportuno y ser respetados. De nada sirve la manipulación sino para abrir una brecha en el corazón difícil de sanar, y para crear distancia donde una vez hubo amor.

# BAJO AQUELLA MÁSCARA

Esa noche había una fiesta de disfraces en el *pub* al que solían acudir Mara y sus amigos los fines de semana. La intención de Mara era pasar un rato divertido nada más.

Cuando acudieron al bar, estaba más concurrido que de costumbre y se respiraba un cierto halo de misterio en el ambiente entre tanto baile de máscaras.

Mara también iba disfrazada, pero su disfraz no ocultaba su belleza, sus dulces facciones. En su mirada se adivinaba ya cierta tristeza.

Estaban dando las doce de la noche en el reloj de la iglesia cercana cuando sus amigos decidieron que era ya hora de marcharse a casa. Solo uno de ellos, Álvaro, que era vecino de Mara, se quedó con ella con la intención de echarse unos últimos bailes, y con la esperanza siempre de encontrar aquello que diera algo de sentido a sus vidas, que los sacase, aunque fuera por un momento, de la rutina diaria.

Estaban a punto de abandonar el bar cuando, de repente, Mara se percató de que un chico que se encontraba apoyado en la barra, en el otro extremo, no dejaba de mirarla con atención. Cruzaron una serie de miradas furtivas antes de que él se acercara a presentarse y preguntarle si le apetecía tomar algo. Mara, en ese momento, se encontraba sola, pues Álvaro estaba hablando con un amigo con el que se había cruzado al salir del baño.

A Mara lo primero que le llamó la atención fue su manera de vestir, tan formal, pues llevaba americana, corbata y pantalón vaquero. Digamos que no era lo habitual en un chico tan joven. También era un chico muy guapo, tenía la piel muy morena y una mirada penetrante. Hablaron de todo un poco. Mateo, que era como se llamaba él, le contó a Mara que trabajaba con su padre en una empresa familiar y que solían viajar mucho por trabajo, lo cual no le disgustaba porque era una forma de conocer a mucha gente. Mara, por su parte, le dijo que estaba estudiando secundaria y que su intención era terminar Bachillerato y COU, pues quería estudiar una carrera universitaria. Mateo se mostró muy interesado por todo lo que le contaba Mara. Hablaron un poco de sus respectivas familias, aunque no profundizaron mucho; Mara intuyó que se trataba de un chico muy familiar. La conversación no duró demasiado, pero fue intensa. Mara sintió, en todo momento, que Mateo era un chico atento, educado y, sobre todo, alguien en quien se podía confiar.

Ya era tarde, y Mara debía marcharse a una hora prudencial a casa, aunque su horario siempre fue más abierto que el de sus amigos. Llegó la hora de despedirse. Mateo le dijo a Mara que iba a estar dos semanas fuera del pueblo por trabajo, por lo que sería imposible quedar para verse antes, pero que le gustaría volver a cruzarse con esa mirada tan bonita y que escondía tantas cosas.

Mara y Álvaro cogieron un taxi y, en el trayecto, Mara no paraba de fantasear. Las últimas palabras pronunciadas por Mateo le habían dejado un bonito recuerdo y le gustaba volver a ellas de vez en cuando. Parecía un chico encantador y en el que se podía confiar, pensaba Mara.

Esa noche, al llegar a casa, ya estaban todos acostados. Mara estaba cansada, así que, sin pensarlo dos veces, se fue a la cama y se llevó con ella la última imagen de Mateo diciéndole lo bonita que era su mirada. Pensando en ello, y en que probablemente en unas semanas lo volvería a ver, cayó en un sueño que hacía tiempo que no era tan profundo y reparador.

A la mañana siguiente, cuando abrió los ojos, el primer pensamiento que le vino a la mente fue el de Mateo diciéndole que en un tiempo volverían a verse... Parecía que todo el fin de semana se resumiera en la esperanza de volver a ver a aquel chico que había sido tan encantador con ella.

El tiempo fue pasando. Mara y sus amigos siempre solían pasarse por ese *pub*, y cada vez que lo hacían Mara se acordaba de Mateo y, por un momento, miraba la puerta y pensaba que tal vez un día aparecería por ahí como si nada... Pero, a medida que fueron pasando las semanas sin tener noticias de él, Mara fue haciendo su vida cada vez más centrada en ella. Mara pensaba que, tal vez, aquello fue solo un espejismo, fruto también de su necesidad de buscarle un sentido más profundo a lo que la rodeaba.

Al cabo dos meses aproximadamente, un viernes por la noche, Mara y sus amigos caminaban hacia el taxi que los llevaría de vuelta a casa y, a lo lejos, Mara divisó una silueta que se le antojó que era él, pero pensó que eran cosas suyas y decidió no darle más importancia.

Sin embargo, a Mara le rondaba en la cabeza la idea de que Mateo hubiera vuelto y ya ni se acordara de ella. Dispuesta a despejar sus dudas, llamó a Cristina para decirle que se apuntaba también a la salida del sábado con el grupo. Una vez que llegaron al bar donde se habían conocido, allí estaba Mateo, sentado en un taburete cerca de la barra. Esta vez no estaba solo, lo acompañaba una pareja que estaba bailando al son de la música.

Mara entró la última y justo cuando acababa de abrir la puerta observó a Mateo, que estaba en el lado diametralmente opuesto del local, con la mirada fija sobre ella. Parecía que la estuviera esperando.

Esa noche Mara la pasó casi toda hablando con él y con la pareja que lo acompañaba, que resultaron ser su hermana y su cuñado. En primer lugar, Mateo se disculpó con Mara y le explicó que un imprevisto había hecho que estuviera más tiempo fuera del que en un principio tenía planeado. Mateo le dijo que había pensado mucho en ella y que se alegraba enormemente de volver a verla. En los ojos de Mara se podía adivinar lo contenta que estaba de oír eso.

Los amigos de Mara se fueron antes. Mateo insistió para que se quedara un poco más de rato con ellos, y se ofreció a llevarla a casa después. Mara accedió encantada, no quiso perder la oportunidad de conocer a ese chico que no se le había ido de la cabeza en todo este tiempo.

Una vez más, la noche se le pasó rápidamente, en un santiamén, era como si ya se conocieran de antes, todo fluía, no había que forzar nada. Mara descubrió otras facetas de Mateo que no conocía y que la sorprendieron gratamente, como que era un chico tremendamente simpático y divertido. Mateo descubrió en Mara a una chica tímida, dulce e inteligente. Tras ese segundo encuentro, decidieron quedar para verse más seguido, incluso intercambiaron los teléfonos. Era evidente que se encontraban muy a gusto juntos.

Mara pensaba que, si el envoltorio ya le gustaba, pues era un chico por el que sentía una gran atracción física, lo que había dentro parecía gustarle todavía más. Pero aún le quedaba mucho por descubrir...

Habían quedado unas cuantas veces ya cuando Mateo le dijo a Mara que él quería algo serio con ella, que para él no era una chica más y que le gustaría salir, a ser posible, solo con ella, y tener más espacio para ellos. A Mara, en un principio, le pareció una manera un poco antigua de pedirle salir juntos. Por una parte, fue algo que le sorprendió, pero tampoco tanto viniendo de un chico tan formal, tan inusual. En el fondo entendió que lo que Mateo quería era disfrutar de más tiempo a solas con ella. Lo cierto era que él tenía un trabajo que no le permitía poder estar todo el tiempo que quisieran juntos. Su trabajo lo condicionaba demasiado, pues tenía que viajar constantemente, no gozaba de la libertad y autonomía de la que disponía ella, que aún era estudiante. Así, el tiempo del que disponía Mateo quería poder disfrutarlo con ella. Ese fue el planteamiento y ambos accedieron de mutuo acuerdo. Sin embargo, ya en esta forma de proceder dejaba entrever lo que sucedería más adelante.

La relación fue avanzando, los dos estaban muy enamorados, pero lo que empezó siendo algo idílico pronto se convirtió en una cárcel para Mara, y Mateo en su carcelero.

Mateo cada vez pasaba más tiempo fuera trabajando, y la relación, que se sustentaba en la distancia y en el férreo control que este ejercía sobre ella, pronto empezó a hacer aguas por todos los lados. Los celos de Mateo empezaron a dejarse ver cada vez más. Él la llamaba todos los días por teléfono desde donde estuviese, e incluso hablaba con su madre, Lola, a fin de asegurarse de que Mara estaba bajo control, a buen resguardo en casa.

Mara había dejado de salir con sus amigos. Ellos acudían a casa de esta, hasta que un día se hartaron de que Mara les dijera que se encontraba mal y no tenía ganas de salir. Mara estaba apática y deprimida. No tenía fuerzas para seguir adelante, y llegó un momento en que ni siquiera podía continuar con sus estudios.

Mara se sentía vacía, sin nada a lo que agarrarse para continuar viviendo. Cada vez más sola y triste. Con su familia no podía contar y, al mismo tiempo, sentía que Mateo estaba demasiado lejos para consolarla, para apoyarla. El día a día era insoportable para ella, ya no podía más.

Pronto Mara sintió que se quedaba sin nada a lo que aferrarse, y se aferró a Mateo como a un clavo ardiendo. Era lo único que le quedaba.

Mateo decidió dejar su trabajo y establecerse en el pueblo. Pero antes impuso a Mara sus condiciones, ella debía dejar los estudios, y así ambos partirían de la misma situación.

De esta manera, ambos se embarcaron en un proyecto laboral. Los padres de Mara los ayudaron con la inversión inicial, y juntos montaron un pequeño negocio. Establecieron turnos de trabajo. Todo parecía ir bien, pero pronto empezaron las discusiones, los gritos y las faltas de respeto por parte de Mateo a Mara.

Comenzaron a ser cada vez más frecuentes los golpes, las excusas que tenían que dar a la gente que les preguntaba ante signos evidentes de que algo raro estaba ocurriendo entre ellos: un brazo vendado, un ojo morado... El trato humillante y despectivo de Mateo hacia su novia, siempre en privado, ya era una constante, y la situación era insostenible.

Mateo solía decirle a Mara que lo ponía nervioso y que, por eso, reaccionaba de manera violenta, y Mara trataba de justificarlo ante todo el mundo. Después de todo, de cara a la galería, era un chico encantador, y Mara pensaba que no se merecía otra cosa mejor. Mara tenía la autoestima por los suelos y también se sentía culpable de las inseguridades y celos de su novio. Llegó incluso a pensar que ella lo provocaba y, por eso, reaccionaba así.

Llegó un punto en el que Mara ya no se veía atractiva, se sentía gorda, triste y que no servía para nada. Mateo se encargaba de recordárselo en cada discusión. Por fuerte que pueda sonar, se sentía una basura que no merecía otra cosa que lo que estaba recibiendo.

Cada vez se sentía con menos fuerzas para enfrentar la situación, temerosa y pequeña. El miedo la paralizaba, se estaba acostumbrando al dolor y a sufrir en silencio aquella tortura.

Mara ya no tenía sueños ni aspiraciones en la vida, ni siquiera era capaz de mirarse al espejo... Su mundo se reducía a Mateo y ese mundo la estaba matando poco a poco. Mateo estaba acabando con todo lo que para ella era importante, y encima ella se sentía culpable por ello.

La relación, cada vez más deteriorada, acabó por romperse definitivamente.

Fue una noche del mes de febrero, hacía mucho frío y Mara y Mateo se enzarzaron en una discusión que no llegó a mayores esa vez. A Mateo hacía ya un tiempo que le habían diagnosticado una enfermedad cuyas causas eran aún desconocidas, y poco se sabía del tratamiento, pero lógicamente requería de un cuidado de su salud extremo. Mateo, que era todavía muy joven, no llevaba nada bien la enfermedad y ponía en riesgo su salud constantemente. A Mara le preocupaba la situación, pero entendía que él era el responsable de sus actos. Los problemas venían cuando Mateo culpaba a Mara de todos sus males, también de la enfermedad, de su empeoramiento... Según él, Mara lo ponía nervioso, desencadenando a su vez su conducta violenta. Cualquier situación en la que él no se saliera con la suya ya era válida para culparla, y lo peor era que ella se llegaba a creer que era quien lo provocaba y que se merecía, de alguna manera, todo lo que le pasaba.

Esa noche, Mateo llegó a casa decidido a terminar con la relación. Ya hacía tiempo que Mara notaba que no era sincero con ella. Las mentiras eran cada vez más frecuentes.

Lo cierto es que Mateo tuvo la valentía que le faltó a Mara en aquel momento y le dijo que no quería seguir, que no era feliz en la relación.

Mara, abatida como estaba, sintió entonces que todo su mundo se derrumbaba. Estas palabras no fueron del todo una sorpresa para ella, era evidente que las cosas no iban bien, pero Mara había construido todo su mundo alrededor de él y ahora se sentía completamente hundida.

Mateo se marchó y Mara se quedó paralizada, bloqueada. Mara sabía que no había vuelta atrás, pero en esos momentos era incapaz de razonar, lo único que podía hacer era llorar.

Con el tiempo, Mara descubrió que Mateo había empezado una nueva relación enseguida, probablemente hubiera estado jugando con las dos a la vez. Pero nada de eso importaba ya, tenía que reponerse y centrarse en ella.

Mara tuvo que buscar ayuda, y la encontró en Teresa, que se convertiría en su gran amiga. Ella fue la que la ayudó a salir de ese pozo de tristeza en el que se encontraba y a renacer de nuevo.

Desde la casa de Teresa se podía ver el mar y, además de hacer múltiples actividades para que Mara estuviera entretenida, solían asomarse y contemplar el horizonte juntas.

Teresa le solía decir a Mara: «Tú ahora estás viendo una pequeña parcela de la realidad, del mundo, pero fíjate en la inmensidad del mar, en todo lo que todavía te queda por conocer...».

De vuelta a casa, o cuando estaba triste, o simplemente para recargar energías, Mara solía ir a su playa y desde allí recordaba a Teresa y todo lo que había aprendido con ella.

## RENACER

Una tarde, a principios del mes de abril, Mara no se encontraba bien. Una vez más había discutido con su madre, y en uno de esos arranques que a veces le daban cogió el móvil, se armó de valor y le dejó a Teresa un mensaje. Era algo que siempre había querido hacer, pero continuamente había algo en su interior que se lo impedía. No se atrevió a llamarla directamente, pues le pareció que después de tanto tiempo —dieciocho años habían pasado desde la última vez que se habían visto— sería como invadirla y hasta ponerla en un compromiso.

Teresa y Mara se habían conocido en el instituto donde Mara cursaba 3.º de BUP. Mara tenía entonces dieciséis años y Teresa era su profesora de Filosofía. Desde el principio, Mara había notado una complicidad especial entre ellas. Además, se dieron las circunstancias adecuadas para que surgiera una relación bastante estrecha entre la clase, pues era un instituto pequeño y con muy pocos alumnos. Mara siempre destacó como alumna, y Teresa se percató de esto enseguida.

Mara tenía un examen con Teresa, pero la noche anterior había discutido fuertemente con su madre y no se encontraba nada bien. Aun así, decidió ir al instituto y hacer el examen.

Cuando Teresa corrigió ese examen, se dio cuenta al instante de que algo estaba ocurriendo en la cabeza de Mara. No tenía ni pies ni cabeza lo que había hecho. El contenido estaba bien, pero lo había puesto todo donde no correspondía. El orden era incorrecto, con lo que Teresa no podía aprobar ese examen tal y como estaba. Teresa habló con Mara y le preguntó qué le estaba pasando. Esta decidió no decir nada de la discusión con su madre, después de todo era algo habitual entre ellas.

Teresa se preocupó y le dio a Mara su teléfono personal por si en algún momento necesitaba hablar con ella. Mara guardó siempre su teléfono, sin saber muy bien por qué.

Cinco años más tarde, Mara se encontraba muy deprimida y tremendamente triste tras la ruptura con su primer amor, Mateo, con el que había empezado a salir con tan solo dieciséis años. La vergüenza le podía, y se decía a sí misma que Teresa ya no se acordaría de ella. No sabía a quién recurrir, no sabía cómo salir de ese estado de tristeza permanente, de ese pozo sin salida en el que estaba sumida, pero tenía la certeza de que Teresa la iba a ayudar.

Al fin pensó lo que pensó y la llamó. Al principio, Teresa tuvo que ubicarla, lógicamente, pues había pasado el tiempo y muchos alumnos por sus clases, pero enseguida se acordó de ella. Lo más importante e impactante para Mara fue que le dijo que iría a estar con ella y que si quería pasar unos días, los que fueran necesarios, en su casa, estaba invitada desde ese mismo momento. Mara se quedó estupefacta, pero sabía que lo necesitaba, sabía que Teresa la sabría entender.

Los dos meses que pasaron juntas no se puede decir que fueron maravillosos, porque Mara estaba destrozada, pero Teresa se desvivió por ella, hizo todo lo que estuvo en su mano para reconstruir ese corazón herido.

Llegó el final del verano y, con él, un nuevo camino se abría ante Mara, que decidió volver a casa con sus padres, pues ya se encontraba mucho más recuperada.

El tiempo pasó, pero Mara nunca había sacado de su corazón a Teresa. Jamás nadie se había portado tan bien con ella. Mara sabía que Teresa era una persona especial, siempre lo supo, y ahora sintió la necesidad de decirle a Teresa lo mucho que la quería y que nunca la había olvidado. Tal vez en todos estos años la enfermedad, el miedo o la inseguridad no le habían permitido tener la suficiente valentía para hacerlo, pero ahora se sentía segura por fin.

Mara solía ser bastante prudente, por lo que optó por dejarle un mensaje en el que le proponía que se encontraran de nuevo, que necesitaba verla. Sus palabras sonaban a agradecimiento por todo lo que Teresa había hecho en el pasado sin esperar nada a cambio. Mara sabía que Teresa lo había hecho de corazón, pero necesitaba expresarlo, era como si estuviera en deuda con ella. Además, si se paraba a pensarlo, no sabía por qué lo había aplazado tantos años. Se sentía avergonzada.

No había pasado ni una hora cuando Mara recibió la llamada de Teresa. Le pareció que había esperado una eternidad. Hablaron sobre lo que tenía preocupada a Mara, y Teresa la tranquilizó, la sosegó. Era como si el tiempo no hubiera pasado para ellas. Mara no sabía muy bien qué preguntarle, se sentía mal por haber estado tanto tiempo sin saber de ella, pero Teresa nuevamente la invitó a ir a su casa. Mara no quiso dejar escapar la oportunidad y le dijo de poner una fecha ya. Mara se conocía y sabía que, si no era así, no iría nunca.

Ahora había llegado por fin el momento de reencontrarse de nuevo. Fue un día del mes de abril, concretamente un 14 de abril. Siempre le gustó la primavera, le parecía la estación perfecta. Cuando asomó la cabeza por la ventana y vio ese cielo totalmente despejado le pareció que la incertidumbre, por fin, se instalaba en ella, e intuyó que en ese día todo era posible, que cualquier cosa podía ocurrir.

Eso lo supo enseguida, y no pudo evitar por un momento sentir vértigo. No sabía qué le depararía el día, pero su intuición nunca le fallaba, y ese día no podía ser igual a los demás. Sin más dilación, corrió las cortinas de su cuarto y comenzó a vestirse, no sin antes elegir un conjunto de blusa y pantalón de los más favorecedores del armario.

Ya estaba vestida. Era un día especial, mágico, así lo sentía Mara. Las dos se volverían a reunir después de tanto tiempo, sin intermediarios, las dos solas. Mara sentía que se lo debía de alguna forma.

Ya tenía los billetes, bueno, el billete, ya que el de vuelta lo había dejado abierto, pero esto era algo que Teresa aún desconocía. Mara se limitó a decirle la hora de llegada y que esperaba que ese día fuera especial.

Solo tenía que ir a la estación y esperar a que llegara la hora de partir. El camino a la ciudad no era demasiado largo, pero ese autobús hacía muchas paradas, con lo que el trayecto se le iba a hacer eterno.

Durante el viaje, le dio tiempo a imaginar todos los tipos de encuentros posibles. Analizó todo, mientras se esforzaba por ensayar algunos gestos y frases, a fin de no dejar mucho espacio a la improvisación. Solía hacer esto con frecuencia como técnica para vencer la timidez. Estaba segura de que nada más ver a Teresa le daría un buen apretón, uno de esos que cuando era adolescente la hacían ruborizarse y de los que intentaba zafarse, pues no estaba acostumbrada a recibir muestras de cariño. Pero ahora ya no era una niña.

Ya eran casi las dos. Estaban a punto de llegar, y a Mara le temblaban las piernas.

Seguramente rememorarían todo aquello que vivieron durante esos dos meses de angustia para Mara con la perspectiva del paso del tiempo, la distancia y la experiencia. Seguramente se irían a comer y hablarían con tranquilidad de todo aquello.

Pero lo que más temía Mara era el momento de mirar a los ojos de su amiga: ¿cómo iba a explicarle todos esos años de ausencia?, ¿cómo iba a justificar no haberla llamado para preguntarle qué tal le iba la vida, qué le preocupaba, qué sueños e ilusiones tenía...? Lo que sí sabía es que ninguno de esos pensamientos la iban a bloquear.

En ese momento sentía que nada de lo que había ensayado le iba a servir, lo mejor sería dejarse llevar. Pero ella no sabía hacer eso. Madre mía, qué desastre, se decía a sí misma una y otra vez mientras el autobús entraba en la estación.

El autobús entró en el andén y, después de unos segundos, paró el motor. Mara cogió su mochila y bajó las escaleras del autobús hecha un flan. En ese momento, Teresa se acercó a ella y alargó los brazos para darle un abrazo.

Lo primero que le dijo Teresa, con sorna, fue: «¿Ves como no han cambiado las carreteras, Mara...?». Se trataba de una broma que tenían entre las dos. Por eso, Mara no pudo hacer otra cosa que sonreír ante la ocurrencia de su amiga.

Había pasado mucho tiempo, pero Mara pronto tuvo la sensación de estar hablando con una amiga. Tenían que ponerse al día.

Teresa siempre fue una mujer totalmente libre, independiente y que se había hecho a sí misma; es decir, una mujer totalmente distinta a Mara.

Ahora, con el paso de los años, su piel dorada por el sol, las arrugas de su rostro como surcos de la edad y las canas en su cabello le conferían cierto atractivo. Su cuerpo seguía siendo delgado, enjuto.

Para Mara, hablar con Teresa era escuchar la voz de la experiencia, de la sensatez. Siempre había sentido que Teresa la entendía perfectamente. Pese a que eran muy distintas, hablaban el mismo código. Con pocas personas se había sentido así. En su familia siempre sintió que era la rara, y fue en la escuela donde Mara se sintió más acogida, más comprendida. De ahí que se refugiara en los estudios como un medio para salir de ese entorno donde no era feliz. Así, sus referentes siempre fueron sus profesores, y prueba de ello era Teresa, que había dejado en Mara una huella imborrable.

Una vez en casa de Teresa, ambas se dispusieron a preparar la comida. Teresa había dejado algunas cosas preparadas, a falta solo de ponerlas en la mesa. Mara retrocedió dieciocho años atrás cuando Teresa se esforzaba por animarla de todas las maneras posibles.

Durante la comida charlaron y compartieron confidencias. Tenían muchas cosas que contarse. No era fácil resumir tantos años.

El momento más difícil fue cuando Teresa le confesó que estaba enferma. Hacía unos meses que le habían diagnosticado un cáncer de pulmón, y aunque ella era una persona optimista y fuerte, la cosa no pintaba bien. Mara se quedó de piedra. En un principio, no supo cómo reaccionar, pero pronto se dijo a sí misma que debía ser fuerte. Teresa le estaba dando una lección de entereza, y ella debía estar con ella y transmitirle toda la fuerza del mundo.

En ese preciso momento, Mara supo que quería estar con Teresa, que no quería abandonarla. Lejos de venirse abajo con la noticia, Mara le dijo con la mirada fija en sus ojos que juntas lo iban a superar.

Teresa no hacía preguntas, simplemente la escuchaba con atención.

Teresa invitó a Mara a quedarse a dormir, y esta estuvo de acuerdo. Mara no tenía ninguna intención de irse, pero eso Teresa no lo sabía.

La enfermedad iba dejando cada vez más debilitada a Teresa, pero Mara estuvo con ella durante todo el proceso, cuidándola y dándole su apoyo cuando lo necesitaba.

Mara encontró en Teresa, a pesar de la enfermedad, del duro trance y de saber que podía llegar un día en que no la viera más, la motivación y la fuerza suficiente para seguir viviendo.

La enfermedad duró más de lo esperado y Mara estuvo todo el tiempo con ella. Cuando llegó el trágico final, Mara una vez más se sintió huérfana, el corazón le dolía más que nunca y pensó por qué había nacido para sufrir tanto en esta vida. Pero Mara sintió todo el tiempo que Teresa se había ido en paz. Dulcemente una noche mientras dormía se le apagó la luz, y ya no despertó.

Mara aprendió de Teresa que estaba bien preocuparse por su familia, pero que tenía que centrarse en mirar hacia delante y dejar atrás esa madeja de relaciones de dependencia y ese entramado familiar en el que no encontraba salida. Sin duda, el tratamiento había sido fundamental para combatir su enfermedad, pero Mara consideraba que el mayor apoyo había sido su amiga.

Mara había arrastrado muchas cosas: problemas con su familia, con Mariola, con Mateo... Mara estaba herida, pero si algo tuvo claro durante todo ese tiempo que pasó con Teresa fue que nunca más debía olvidarse de sí misma, y que tenía que pisar fuerte hacia delante y mirando con ilusión el futuro.

Y fue el tiempo que pasaron juntas Teresa y Mara, además de todo lo que compartieron —no solo con la enfermedad, sino con todo lo que había aprendido de ella; el dolor, la alegría, el valor, el esfuerzo, el amor por lo cotidiano, la pasión y el entusiasmo que ponía Teresa en todo lo que hacía, a pesar de las dificultades—, lo que le dio a Mara la fuerza necesaria para emprender un nuevo comienzo.

# ÍNDICE

*Este libro se terminó de editar en Granada*
*en enero de 2024 por*

Aliarediciones

**www.aliarediciones.es**
*info@aliarediciones.es*